KB025952

이
모든 것을
합치면
사랑이
되었다

# 이
# 모든것을
# 합치면
# 사랑이
# 되었다

이정하

생각의 서재

# 작가의 말

두고 온 짐이 있었다. 세월 저편에 묻혀버려 찾으러 갈 수도 없다. 하지만 그것은 내가 살아가는 내내 마음 쓰이게 할 것이다. 스쳐 지나왔으되 결코 스쳐 지나올 수 없는 게 단 하나 있다면 그것이 바로 사랑이었다.

사랑이 뭔지, 어떻게 사랑을 해야 하는 것인지에 대해 나는 이 책을 통해 좀 더 진솔하게 이야기하고 싶었다. 하지만 바로 역부족이고 가소로운 시도임을 깨달았다. 어떨 때는 전부였다가 어떨 때는 정말 아무것도 아닌 게 사랑이 아니던가. 어떤 이에게는 한없는 기쁨이지만 또 어떤 이에게는 세상에 다시없는 슬픔인 사랑에 대해 대체 내가 무슨 말을 할 수 있을까.

하여, 다시 사랑의 겉모습만 핥을 수밖에 없었음을 용서해주길 바라며…….

2017년 가을 이정하

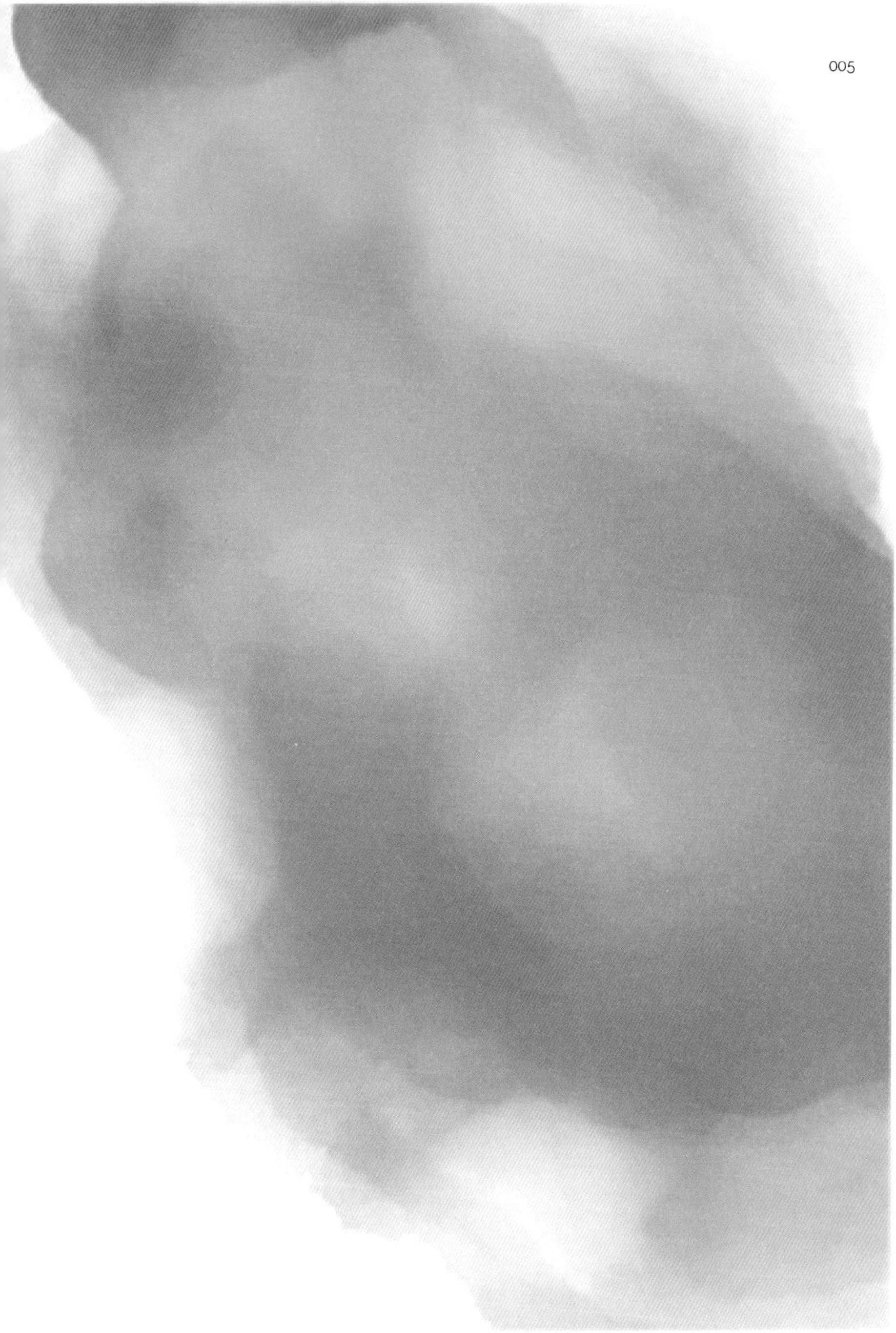

차
례

작가의 말 004

## 1장 사랑이 시작되다

햇살처럼 013
내가 먼저 고개를 들어야 014
당신 생각에 016
허기 018
너에게 바란다 020
엇갈리는 사랑 024
가로등 026
형벌 028
융통성 제로 030
사랑하는 이유 033
사랑에는 용기가 필요하다 034
단 하나의 행복 039
사랑하게 되어 있다 041
보내기도 전에 사랑은 간다 045
어딘가에 048
그리움만으로도 049
허수아비 053
단 하나의 사랑 056
또 하루가 간다 057

## 2장 사랑한다는 것은

네가 없이도 061
사랑한다는 것은 062
사랑한다 했지만 정작은 064
함부로 사랑이라 말하지 마라 066
외면하는 너에게 068
사랑이 변하는 건가? 사람이 변하는 건가? 070
내 안에서 이는 바람 074
당신의 마음을 훔치고 싶다 075
눈치 백 단 076
당신이라는 말을 좋아합니다 079
돌격 앞으로! 080
사랑은, 그 어둠까지 감싸는 일이다 083
더 사랑하겠습니다 089
기도하는 손 091
그를 위해 기도할 각오 없이 094
장작 097
의자 같은 사랑 100
하염없이 그립습니다 102

## 3장 길 위에서

방향감각 105
바람이 내 등을 떠미네 106
철저히 109
여전히 외상인 사랑이여 111
삶 113
산다는 것 116
확신도 없는 길 위에 서 있다 119
실패와 자책 121
행복과 행운 123
들꽃은 125
내가 세상의 중심 126
호박꽃이 예쁜 이유? 128
난 지금 예쁜 꽃이야 134
부모님의 기도 137
저 작은 냉이 하나도 141
나는 소망한다 143
지금 145

## 4장 이별을 베고 그리움을 덮고

여전히 149

시시각각으로 150

그대는 사랑했다고 했고 나는 사랑한다고 했습니다 151

준비된 이별 153

단풍처럼 155

삶의 간이역, 청춘 157

그도 내가 그리웠을까 160

소유와 자유 163

새장 169

괜찮다는 가면 171

별을 사랑했다 174

총을 쏘는 심정으로 176

바람과 잎새 178

마음의 행방불명 180

소나기 181

비가 오는 것인지 우는 것인지 184

또 비 186

추억이라 이름 붙인 것들은 188

## 5장 마지막이라는 말은


회자정리라는데… 193

변명 194

잊는다는 건 195

안부를 묻다 198

줄 수 있어 행복합니다 200

사랑은 그 사람을 살게 한다 201

마음 203

당신께 간다 205

사랑과 현실 속에서 207

뒷모습 208

이별보다 먼저 날아가라 210

간격 212

눈 오는 날 213

흔적 214

자국을 어찌할까 216

만날 때부터 보내고 있었다 218

망각 221

다시 안부를 물으며 223

1장

# 사랑이 시작되다

○
# 햇살처럼

아침 일찍도 오시는군요.
눈을 뜨면 당신만 보여요.

나는 점점 지워져요.

오늘도 당신을
사랑하겠습니다.

○

# 내가 먼저
# 고개를 들어야

안 보이면 서운했다.
보이면 수줍었다.

고개 들어봐.
속 그만 태우고.

세상엔 이런 사랑도 있을 겁니다.
몰래, 혼자서만 하는, 속 앓는 사랑.
마치 밤에만 숨어서 피는 꽃처럼.

드러내놓을 수 없기에 그 속은 얼마나 타들어갈까요?
때로 사랑엔 용기가 필요한 법입니다.
날이 밝으면 한번 부닥쳐보세요.
내가 먼저 고개를 들어야 사랑도 고개를 들어요.
그 순간을 놓치지 마세요.

○
## 당신 생각에

당신도 어렴풋이 아시겠지만
이건 모두 당신 탓이에요.
오늘 난 아무 일도 못 했거든요.
당신 생각이 떠올라서요.

하긴…,
하루 중에서 당신을 떠올리지 않는 시간이
얼마나 될까요?
지는 해가 아름다운 건
이제 곧 볼 수 없기 때문일 거예요.
이렇듯 아름다운 건 내 손에 잡히지 않아요.
그러므로 아름다운 건 주로 슬퍼요.

그랬었군요.

여태껏 나는 잡히지 않는 그것들을 사랑하는군요.

잡히지 않아 아름다운 그것들을.

잡히지 않아 못내 슬픈 당신을.

○

# 허기

한가득 밥을 먹어도
허기를 느낀다.

채울 수 없는 허기,
너의 부재로 인한….

그래서
밥보다 술을 먹는가보다.

허허로움, 마음의 허기
사람에 대한 허기.
그 허기는 쉽사리 채워지지 않는다.

조금 무디게 하려고 마신 술,
누군가를 잊기 위해 마신 술은 부작용이 따른다.
그를 더 생각나게 해 돌발행동을 하게 하는.
늘어난 몸무게도….

내가 상상하는 대상이 당신일 때
그 상상은 제일 큰 허기짐으로 다가온다.
보고 싶지만 볼 수 없어 상상만 해야 하는 것은
내게 있어 가혹한 공복이다.

만나지 못해, 그리하여 볼 수 없고
만질 수 없다는 것은 얼마나 치명적인가.

## 너에게 바란다

너에게 닿기 위해
내가 했던 무수한 노력들을
알아달라는 것은 아니다.

나는 내가 좋아했던 것들을 버렸다.
때론 당장 해야 하는 일조차
뒤로 미뤄야 했다.

오로지 너에게 닿기 위해.

네가 한 발짝 다가온다면
쉽게 닿을 수 있을 텐데.

아니다.
한 발짝 다가오지 않아도 좋다.
그 자리에만 있어다오.
물러서지만 말아다오.

다가갈수록 물러서는 야속한 사랑이
한때 얼마나 미웠는지요.

다가와주지 않아도,
항상 그 자리에 있어주는 것만으로도
다행이라 여겨야죠.

○

# 엇갈리는 사랑

버스에서 내리던 나는 깜짝 놀라고 말았다.
꿈에 그리던 그녀,
그토록 만나고 싶었던 그녀가 정류장에서
내리고 있는 나를 빤히 쳐다보고 있는 것이 아닌가.
더 놀라운 것은 그녀가 내게 말을 붙여왔다는 사실.
"이야기 좀 하면 안 될까요?"
그녀가 내게 말을 붙여왔던 것이다.
세상에, 나는 숨이 턱 막혀와 고개만 끄덕였다.

"여자친구 있나요?"
대뜸 그녀는 그렇게 물었다.
당찬 물음이라 나는 말을 더듬을 수밖에 없었는데,
"어, 없습니다만…."
"그러면 잘됐군요. 이거 받으세요."

"네?"

"저하고 같이 다니던 친구 본 적이 있을 거예요.
그 친구가 댁을 몹시 좋아해요."
그녀가 내민 것은 곱게 접은 편지였다.
그러고 보니 기억난다. 그녀와 늘 같이 다니던
키 작고 유난히 눈이 큰 친구.
"만나보시면 알겠지만, 걔 착한 애예요.
울리는 일이 없었으면 좋겠어요."
나는 끝내 아무 말도 할 수가 없었다.
네가 내 마음에 이미 들어와 있다고 어떻게 말할까.
그 애를 울리기 전에 내가 먼저 울고 싶은데.

사랑, 그거 참 얄궂지?

○
# 가로등

언제부턴가
내 가슴 속에
가로등 하나 켜져 있었어.

그 가로등 불빛은
대낮에도 꺼지지 않았고,
내 삶의 중심에서 골목길까지
훤히 비추곤 했지.

어떤 때는
전기가 들어오지 않아
내 심장의 피로
불 밝히기도 했어.

빛도 주고 어둠도 주는 당신.
아는지요, 당신이 있음으로 해서
세상 모든 것이 훨씬 빛날 수 있었다는 것을.
또 아는지요, 당신이 없는 그때부터
세상은 내게 암흑천지라는 것을.

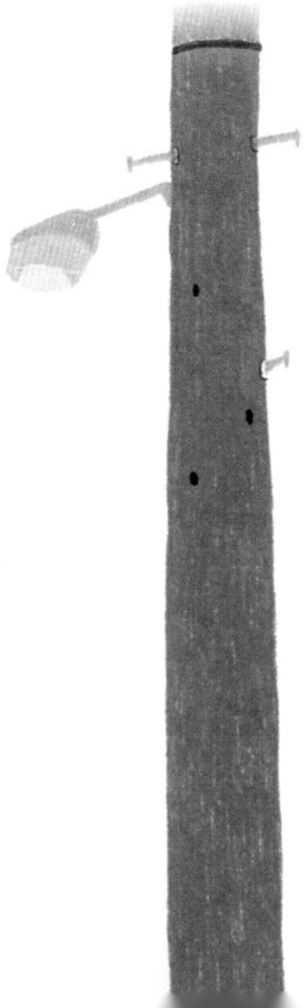

○

# 형벌

당신은,
형사가 아니면서도 내게 수갑을 채웠고,
판사가 아니면서도 나를 재판하고,
거역 못할 선고를 내렸다.

그 판결에 의해 나는
형벌처럼 당신을 사랑하기 시작했다.

당신이라는 감옥에 갇혀….

가끔은, 내 딴엔 외출했다고 생각했는데
높은 벽이 가로막고 있었다. 그 감옥,
생각보다 훨씬 크고 넓은 곳인가 보다.

이젠 알겠다, 죽는 순간까지 탈옥할 수 없음을.
당신의 감시가 무서워서가 아니라
당신 밖에서 살아갈 자신이 없음을.

나 스스로 종신형을 선고 받아
당신의 무기수로 살아가는 나는.

## 융통성 제로

“일요일엔 뭐할 거니?”
그렇게 그가 물어왔을 때 나는 속으로 쾌재를 불렀죠.
드디어 내 인생에도 봄날은 오는구나.
그동안 공들인 결실을 보는 것 같아
감격에 겨워 잠시 울컥하기도 했어요.
때는 바야흐로 춘삼월. 온 산과 들에 봄꽃들이 피어났고
그 꽃망울들이 내 가슴 속에서도 알알이 터지는 게
느껴졌어요. 그런데 이상하죠,
내 대답은 왜 이렇게 나왔을까요?
“성당에 가야 해요. 엄마도 잠시 도와드려야 하고.”
그의 얼굴이 살짝 어두워지는 것을 보며 나는
예감했죠. 뭔가 일이 꼬이고 있다는 것을.
“그럼 안 되겠네.”
“네?”

"함께 꽃구경을 갈까 했는데…."
안 되기는요. 못 갈 게 없죠. 하루 종일 성당에
가 있는 것도 아니고. 엄마한테야 잘 이야기하면 되죠.
당장이라도 이렇게 이야기하고 싶었으나
나는 그의 눈치만 살피고 있었어요.
설마 내 말을 No라고 알아들은 건 아니겠지?
'그날 아무 일도 없어요. 당신과 데이트하기 위해
하루 종일 시간을 비워두었어요.'
설마 이런 대답을 원한 건 아니겠지?

차라리 아무 대답도 하지 말걸.
훌쩍 자리를 일어서는 그를 보며 나는
내 입을 쥐어박고 싶은 심정이었어요.
나 이제 어떡하죠?
내 마음에 핀 꽃은 눈치도 채지 못하고

멀리 있는 꽃만 구경하자는
저 융통성 없는 인간을 어쩌면 좋아요?

우리 사이엔 분명 연결고리가 있는데
손만 뻗으면 닿을 것도 같은데
번번이 이어지지 않는 건 어째서일까?

울고 웃고 기대하고 실망하는 건 너로부터다.
상처 받고 위로 받는 것 또한.

# 사랑하는 이유

그대 내게 왜 사랑하는가 묻지 마세요.
내가 그대를 사랑함에 있어
별다른 이유가 있을 리 없으니.

그저 그대가 좋으니 사랑할밖에.
그저 그대가 사랑스러우니 사랑할밖에.

○

# 사랑에는
# 용기가 필요하다

어느 한 사람의 목소리가 귀에 들어올 때가 있다면,
별 거 아닌 말인데도 갑자기 신경이 쓰이면서
늘 듣던 말인데도 유독 서운해진다면
당신은 그를 사랑하고 있다.

어느 한 사람의 일거수일투족이
내내 당신의 눈길을 잡고 있다면,
늘 보던 사람인데도 그 앞에 선뜻 나서지 못하고 있다면
당신은 진정 그를 사랑하고 있다.

만약 당신이, 어떤 한 사람 때문에
다른 사람의 존재 따윈 신경 써지지 않는다면
당신은 이미 그 사람을 사랑하고 있다.
어떤 한 사람 때문에 자꾸 자신이 변하고 있다면

당신은 이미 그 사람을 지극히 사랑하고 있다.

그런 날이 있다.
무심코 내뱉은 그의 한마디가
공연히 서럽고 서운한.
늘 보던, 늘 마주치던 사람인데도
그의 앞에 나서지 못하고 뒤로 숨던.

나는 자꾸 주춤거리게 되는데
어떤 한 사람은 자꾸만 크게 부각되어오는
그런 날이 있다.

아침인사였건 업무에 관한 이야기였건
남들과 똑같이 대해주는 그의 말투,
혹은 그의 말이 서운했던
한 여자가 있었다. 적어도 자기에겐
좀 더 감정이 담긴 말을 해줄 수도 있었을 텐데….
그래서 그날 여자는 자꾸 그를 피하게 된다.
평소 같으면 그에게
가벼운 농담 정도도 던질 수 있었겠지만
그날만큼은 그의 앞에 나서기가 왠지 꺼려진다.
무언가 마음이 편치 않다.

점심을 먹고 난 뒤의 티타임.
그의 주변에 여러 사람이 모여 있다.
특히 예쁜 척하는 여직원 몇 명도.

그의 말소리, 유쾌한 웃음소리가 들려올수록
자꾸만 그쪽으로 신경이 쓰인다.
여자는 입술을 앙다물면서까지 그쪽으로
쳐다보지 않으려 무던히 애써보지만….

"선배, 그때 몰랐어요?"
몇 개월 후, 한 직장 후배가 그에게 물었다.
그는 눈을 꿈벅거렸다. 무슨 말이냐는 듯.
"미연이가 선배 좋아한 거요. 그래서 걔
회사 그만둔 것 정말 몰라요?"

삶의 한가운데 누군가를 운명적으로 만나 사랑한다는 것,
그것은 누가 뭐라 해도 가슴 벅찬 일임에는 틀림없다.

무엇을 기다리는가?
사랑엔 용기가 필요하다.
되든 안 되든 한번 부닥쳐보는 용기.
그래야 후회가 남지 않는다.

사랑하면 사랑한다고 말해라.
말로 못 한다면 편지라도 써라.
받아들이고 안 받아들이고는 나중 문제다.
사랑한다면 어떤 식으로든 표현해야 한다,
세상에는 의외로 무딘 사람들도 많으니.

○
# 단 하나의
# 행복

너를 사랑하면서 사실 나는
나의 많은 것을 잃어가고 있다.
나의 관심은 오직 '너'밖에 없었으므로.
언제 어디서건, 내가 무엇을 하건
나보다 먼저 네가 떠올라졌다.

이렇듯 너에게 매달리다 보니
자연히 내 주변의 것들에 대해선
소홀해질 수밖에 없었다.
사랑이 바로 그런 거였다. 나의 것보다는
너를 위한 것들에 더 마음이 쓰이는 것.

당신을 만났고 당신을 선택했습니다.
이유요? 그딴 건 없지요.

때로 슬픔과 괴로움을 동반할지라도
세상에 존재하고 있는 단 하나의 행복,
그 이름이 바로 사랑이다.

○

# 사랑하게 되어 있다

"사랑하는 게 두려워요.
상처받을 게 뻔하기 때문이죠."
이런 사람들이 의외로 많다.
몇 번의 연애를 실패한 끝에 한 여자는
고개를 절레절레 흔들며 내게 이렇게 털어놓았다.
"사랑은 나를 항상 안달하게 하고 질투하게 해요.
그를 잃게 되지는 않을까, 그가 나 아닌
다른 사람을 더 사랑하지는 않을까,
늘 걱정하고 의심하게 되죠.
이게 바로 나의 참모습이에요. 그래서 난
차라리 혼자만의 고독과 무관심을 택해요."
틀리다고만 몰아붙일 수 없는
지극히 인간적이고도 솔직한
그녀의 이야기에 나는 말문을 닫을 수밖에 없었다.

하지만 왠지 개운치 않았다.
그녀나 나나 씁쓸한 입맛을 다셨던 것은
그것이 그녀의 자기 합리화이자
궁색한 변명임을 알았기 때문이다.
나는 그때 적어도 이런 말 한마디쯤은
해줬어야 옳지 않았을까.
이사하기 번거롭고 힘들다고
그냥 헌집에 머물러 있겠느냐, 라고.

사랑을 하는 것은 사람의 본능이다.
비록 상처를 받는다 해도 어찌하랴,
원래부터 사람은 그렇게 태어난 것을.

지금 사랑에 실패했다고
내내 고개를 숙이고 있지 말 것이다.
고개를 들어야 새로운 사랑이 당신에게 찾아든다.
그 고통을 왜 다시 받아야 하느냐고 뒷걸음질 치지 마라.
설사 다시 한 번 아픔을 겪는다 해도 사랑 없는
빈껍데기 인생을 살 순 없지 않은가.

○

# 보내기도 전에
# 사랑은 간다

먼 길 다녀왔더니 네가 없다.
기다리지 않은 너를 탓하려는 건 아니다.
빨리 오지 못한 내가 문제였으니.

준비해서 이제 할 만하다고 생각했을 때는
이미 늦은 경우가 많다.
이것저것 방해가 될 것들을 제거하고,
순조롭게 항해할 수 있다고 생각하고 그의 앞에 나섰을 때
그는 이미 다른 사람의 배를 타고 떠났을 수도 있다.

조금 미숙하면 어떤가.
조금 덜 갖춰졌으면 어떤가.
상대는 완전한 당신을 원하는 게 아니다.

때로 무모할지라도
용감하게 덤벼드는 당신을 원한다.

통나무배에라도 태우고 떠나라.
사랑이란 어차피 위험한 항해이므로.

떠나간 배의 뒷모습을 보는 것만큼 씁쓸한 일은 없다.
먼저 떠나간 배를 탓해야 할까,
아니면 놓친 자신을 탓해야 할까?

주저하다가 혹은 너무 재다가 놓치는 경우가 있다.

잘못된 사랑의 결말에는 다 내 잘못인 경우가 많다.

가끔은 너무 서툴러서 후회를 남기기도 하지만
그런 서툶조차도 사랑이다.

## 어딘가에

사랑, 그 빌어먹을 사랑은
내가 아무리 집중하고 열중한다 해도
뜻대로 되지 않을 때가 많다.

날이 흐립니다.
흐린 하늘 어딘가에 무지개가 숨어 있어요.

마음과 마음 사이에 놓인 무지개,
그러나 이내 사라지고 만다는 것은
미처 몰랐다.

○

# 그리움만으로도

너는 잊었겠지만
나는 기억해.

우연히, 아주 우연히 네가 쓰는 통장의 비밀번호가
그 사람의 생일과 같다는 것을 알았다.
네 마음의 금고가
아직도 그 사람으로 인해 닫혀 있었구나.

그래서 내가 들어갈 자리가 없었구나.

까까머리 고등학교 시절,
한 후배 여학생을 좋아한 적이 있었습니다.
갖은 모의와 작당 끝에 그녀를 불러냈지만
막상 그녀 앞에서는 입도 한 번 못 떼기 일쑤였습니다.
내 마음을 모를 리 없었을 텐데도 시침 뚝 떼고 있는
그녀에게 내가 무슨 말을 할 수 있었을까요.
이미 다른 사람을 마음에 담고 있는 그녀에게.

그로부터 숱한 세월이 지났고,
숱한 우여곡절을 겪으며 지금의 여기까지 왔습니다.
예전의 그녀도 이젠 한참 나이를 먹었겠죠.

쌤통이다!

살아가는 일은
하나씩 사연들을 가슴에 묻어가는 일입니다.
오늘도 저마다 각자의 사연을 가슴에 안은 채
사람들은 다 그렇게 살아가고 있겠지요.

○
## 허수아비

살아가다 보면
사랑한다는 말만으로 부족한 것이
또한 사랑이었다.

한 발짝도 뗄 수 없었던 허수아비는,
사랑하는 그에게 다가갈 수 없음에
너무 미안했다.

매번 오라 하는 것도 미안했던 허수아비는,
해줄 수 있는 게 아무것도 없다는 걸 깨닫곤
그에게 가라고 손짓할 수밖에 없었다.

그리고선
그가 떠나간 곳만 쳐다본다.

그래서 허수아비는
밤이 깊어도 눈을 감지 못한다.

고개 떨어뜨리고
남몰래 운다.

텅 빈 들판,
허수아비는 외로웠다.

혼자라서 외로운 게 아니라
누군가를 사랑해서 외로웠다.

사랑한다는 것은 이렇듯
외로움을 견뎌내는 일인가보다,
철저히 혼자서.

○

## 단 하나의 사랑

세상의 수많은 사람 중에 당신을 사랑한다는 것은
그건 내 삶이 결정되었다는 이야기다.

이 땅 위 당신과 같은 사람은 단 한 사람도 없어.
그래서 내가 나눌 사랑도 하나.
당신이 아니고선 그 어떤 것도 사랑일 수 없어.

# 또 하루가 간다

그대 만나고픈 마음 간절했던
오늘 하루가 지났습니다.

그가 남긴 기억들로 나는
또 하루를 살아냈습니다.

2
장

# 사랑한다는 것은

○

# 네가 없이도

오늘 나는, 꿈꾸지 않고 잠들기를,
네가 없이도 깊이 잠들기를 바랐다.

이별을 베고 잠들면
사랑이 떠나갈까.

가끔 나는 소망한다,
너를 잊기를.
단 1초라도 너에게
시간을 빼앗기지 않은 날이 있기를.

사랑, 그 마약 같은 중독에서 벗어나
내가 한없이 자유로워지기를.

# 사랑한다는 것은

결국, 기대어 쉬고 싶은 것이다.

위로받고 싶은 것이다,

사랑한다는 것은

○

# 사랑한다 했지만 정작은

사랑한다 생각했지만
정작 너를 잊고 사는 날
더 많았다.

사랑하는 일로
한평생 살아가자 다짐했지만
정작 사랑하는 일은
얼마 되지 않았다.

말로만 사랑이었다.

사랑이라는 껍데기 한 꺼풀 벗겨내고 나니
거짓과 위선이라는 벌건 맨살만 드러났다.
진실이라는 소금기 조금만 닿아도 풀쩍 놀라는.

사랑이란 말을 입에 올리면서부터
진실에 대한 면역이 떨어진 건 분명했다.
진실의 무너짐 혹은 무뎌짐.

○
# 함부로 사랑이라 말하지 마라

미안해.
바라는 건 너밖에 없다고 했으면서
점점 더 많은 것들을 바라서.

너를 알아가는 만큼
너와 더 가까워지고 싶은 맘에
점차 많은 것들을 가지길 원해서.

사랑하면
더 많이 이해해야 하는데
오히려 더 많은 것을 바라게 된다.

그래서 사랑이 원망이 되고
미움이 되고 아픔이 되어
결국은 두 사람을 갈라놓는다.

사랑이란 이름을 함부로 붙이지 마라.
저 사람의 잘못까지 내 잘못이다
그렇게 생각하는 마음까지 갖지 않고선
함부로 사랑한다 말하지 마라.

사랑은 아무 데나 갖다 붙이는
껌딱지가 아니다.

○
# 외면하는 너에게

사랑한다고 말하기 전
오히려 네가 편했다.
사랑한다고 말하고서부터
나는 너를 똑바로 볼 수 없었다.

또 나는 고백한다.
사랑한다고 말하면서부터
외려 더 가까이 갈 수 없었음을.
사랑한다고 말하는 순간부터
더 외로워졌음을.

혼자 외로운 건 그 실체가 모호하지만
누군가를 사랑하면 더 구체적으로 외로워진다.

○
## 사랑이 변하는 건가?
## 사람이 변하는 건가?

동창회 참석을 해달라는 전화에 선뜻 예스라고
대답을 하지 못한 건 나름대로 이유가 있었죠.
내가 기억하고 있는 친구들의 모습은 궁금했지만
그들이 기억하고 있는 나를 보여줄 자신이
없었다고나 할까.
그땐 나름 인기 최고였으나
10년도 훌쩍 지난 지금에는 걱정이 최고예요.
위로는 그대로고 옆으로만 퍼져 있는 탓에
친구들이 나를 알아보기나 할는지….

아무튼 두 눈 딱 감고 나가기로 한 건
정말 잘한 결정이었어요.
민준이를 만날 수 있었기 때문이죠.
꿈에도 못 잊던 나의 첫사랑.

남자답게 잘생긴 외모는 물론이고 공부면 공부,
운동이면 운동, 못하는 게 없어서 당시 나뿐만 아니라
우리 반 여학생들의 혼을 쏙 빼놓았지요.
6학년 2학기 때 전학 가는 바람에
참 어지간히도 속앓이를 했었는데.

글쎄, 걔가 나온다잖아요.
민준이도 은근 나를 좋아했기에 나는
온갖 멋을 다 부린 후 참석하게 되었는데
결론부터 말하자면 대실망!
그동안 내가 상상해왔던 민준이가 아니라
무슨 옆집 아저씨가 나왔나 싶을 정도였으니.
올챙이처럼 배가 볼록 튀어나온 건 둘째 치고
얘가 여자들에게 얼마나 껄떡대던지

차마 눈 뜨고는 못 볼 지경이었죠.
물론 그쪽도 실망한 건 마찬가지였을 겁니다.
나를 한 번 천천히 훑어보고는
말 한 번 안 붙였으니까.
그런데 말이죠, 아까부터 가만히 나를 지켜보고 있던
훤칠한 그가 내게 뚜벅뚜벅 걸어오는 게 아니겠어요.
두근두근.

"슬기야, 잘 지냈지?"
"누구…?"
"나야 나, 현민이."
그러자 퍼뜩 떠오르는 한 인물. 그땐 참 지긋지긋했던,
어지간히도 나를 따라다녀 괴롭기 짝이 없던 녀석.
그랬던 그가 이렇게 멋지게 변하다니!

"널 만나면 꼭 전해주고 싶었어.
그땐 정말 미안했다고."

나는 쓴웃음을 지었어요. 그때의 괴로움이
다시 생각나서가 결코 아닌.
나는 왜 사람 보는 눈이 이렇게도 없을까.
자존심이고 뭐고 나는 얼른 이렇게 말했죠.
"미안하긴. 근데 말이야…
지금도 좀 괴롭혀주면 안 되겠니?"

○

# 내 안에서 이는 바람

살아가는 동안 우리는
숱한 바람 속에 놓이게 됩니다.
어쩌면 가혹하기도 하고 어쩌면 모질기도 한
'세상'이라는 바람 속에.

하지만, 바람은 반드시
밖에서만 부는 것도 아닙니다.

누군가를 갈망하고 있기에
내 안에서 이는 바람.

그 바람이 불면 나는
도무지 대책이 없습니다.

○

# 당신의 마음을
# 훔치고 싶다

너에게 다가가긴 어렵지 않았지만
네 마음에 정착하긴 어려웠다.

너의 눈빛을 끌어오기는 어렵지 않았지만
너의 마음까지 당겨오기는 어려웠다.

도둑고양이가 생선을 훔치듯
당신의 마음을 훔치고 싶다.

당신은 생선인가 도둑고양이인가?

내 마음을 훔쳐가라고 그에게 열쇠를 쥐어주고 싶다.
도둑맞고 싶은 것이다, 내 마음을 훔쳐가라고.

# 눈치 백단

넌 지금 이대로가 가장 예뻐.
작은 키, 통통한 볼살, 한쪽만 쌍꺼풀진 눈.
나는 너의 이런 것들이 좋아.
이게 바로 너이기 때문이야.

이게…!
웃기고 있네. 어디 내 가만있는
콤플렉스를 건드리고 있어.
너 나 그만 만나고 싶지?

만나기 싫어서 말을 돌리려고
언제 술이나 한잔하지, 라고 했는데
정말 술 한잔하자고 조르는 사람이 있다.
다음에, 라고 하는데도
그날이 언제냐고 끝까지 조르는 사람이 있다.
눈치 없는 친구에겐 두 손 두 발 다 드는 수밖에.

혹시 나도 그런 거니?
나도 너에게 눈치 없이 굴었던 거니?

그래서 네가 시시때때로 얼굴을 찌푸렸구나.
두 손 두 발 다 들었다며 나를 피하는구나.

근데 말이야, 사랑을 하면
눈치 없는 모습도 귀엽다고 하던데….

○
# 당신이라는 말을 좋아합니다

그대, 라는 말엔 왠지 거리감이 느껴집니다.
멀리 있는 것 같은. 어쩐지 가까이 할 수 없는 사람 같은.
마음이든 물리적인 공간이든 간에 멀리 떨어져 있는 사람, 그대.

함께 있을 때 부르는 당신.
당신, 이라는 말 속엔 정겨움이 있습니다.
당신, 이라고 부르면 금방이라도 다가와 손잡아주는,
나를 올려다보며 생글생글 웃는 당신.

그래서 그대라는 말보다
당신이라는 말이 더 좋습니다.

안 그래요, 당신?

## 돌격 앞으로!

너는 너무 괜찮아.
딱 한 가지 문제만 빼고.

그게 가장 큰 문제인데
나를 사랑하지 않는다는 것이지.

밤늦도록 그녀의 방을 올려다본 적이 있습니다.
이층 창문을 통해 환히 비춰 나오던 형광등 불빛,
커튼이 쳐지고 그 방의 불이 꺼지면
아아 난 그대로 어둠이었습니다.

사랑엔 때로 인내와 끈기,
그리고 용기도 필요합니다.
받아들이지 않는다고 순순히 물러선다면
그건 정말 사랑할 자격도 없는 사람입니다.
되건 안 되건 한번 버텨보는 것.
그가 내다보고 있지 않으면
그의 방 창문에 돌이라도 한번 던져보는 것.

어쩌면, 어쩌면 말입니다.
당신이 사랑하는 그 사람은 당신이 그렇게 계속
버텨주길 기대하고 있는지도 모를 일입니다.

못 이루고 있는 사랑으로 인해
가슴 아파하는 분들, 용기를 가져야 합니다.
아침에 사방으로 퍼져오는 햇살처럼
그에게 쳐들어가야 합니다.
진격했다고 해서 다 고지를 정복할 수 있는 것은 아니나
가만히 있으면 그 기회조차 없는 것이므로.
자, 돌격 앞으로!

○

# 사랑은,
# 그 어둠까지 감싸는 일이다

처음에 사랑에 빠질 땐 대체로
그의 장점, 그의 좋은 점만 눈에 들어온다.

그러다 점차
그의 단점, 어두운 면도 눈에 들어오게 되니
이때가 사랑의 위기다.

그의 단점, 그리고 그가 안고 있는
어두운 부분까지 감싸 안을 수 없다면
그 사랑은 뻥이다.
공갈빵이다.

사업이 망해 하루아침에 알거지가 된 후배가
전화를 해왔다.
이런 마당에 애인으로부터 이별통보까지 받아
죽고 싶다고 그는 울먹였다.
나는 고개를 끄덕이며 말했다.
그래, 죽는 게 좋겠다. 기왕이면 빨리 죽어라. 그래야
네 애인이었던 그 여자가 너랑 잘 헤어졌다고 할 테니.

사랑은, 그가 잘나갈 때보다
구석에 웅크리고 있을 때 더 필요하다.
잘나갈 땐 한없이 좋다가도
못 나갈 때 싫어진다면
그건 사랑이 아니다.
계산이다.

위기에 처한 연인에게
"네 곁엔 내가 있다는 것을 잊지 마. 항상 함께하는 거야."
라고 한다면, 그가 다시 일어서지 못할 까닭이 있을까.

그의 장점, 좋은 것들만 사랑한다면
그 사랑이 완전할 수 없다.
단점, 나쁜 것들까지 포용하고 사랑해야….

그의 좋은 면만 보는 것도
그의 단점을 감싸주는 좋은 방법이다.
시들고 있는 꽃에게
'너는 왜 시들고 있느냐'고 묻는 것은 너무 가혹하다.

시들고 있는 꽃을 사랑하는 방법은
그 꽃이 시들지 않게 물을 주는 일이다.

이미 시들어버린 꽃이 있다면
뿌리째 뽑아버릴 게 아니라
더욱 관심을 갖고 그 꽃이 생기를 되찾을 수 있게
도와주는 것이 옳다.

그를 사랑한다면, 그를 진실로 사랑한다면
기쁠 때나 즐거울 때보다 힘겨워하고 슬퍼할 때
그의 곁에 있어주어야 한다.

그에게 더 이상 줄 것이 없노라고 말하지 말고
그를 위해 마지막 남은 눈물마저 흘려주어야 한다.
그러면 그는 세상 모든 것을 잃는대도
결코 낙망하지 않을 것이다.

실의에 빠진 사람을 일어설 수 있게 하는 힘,
그것이 바로 사랑이자
사랑이 가진 위대한 힘이 아니겠는가.

○
# 더 사랑하겠습니다

불행하게도 나는 전쟁터에서 두 손을 잃었습니다.
그래서 나는 더 이상 그대를 잡고 있을 수가 없습니다.
그러니 이제 그대는 나를 떠나 자유롭게 가길 바라오.

전쟁터에서 날아온 그의 편지.
약혼녀였던 그녀는 슬퍼하고 있을 수만은 없었다.
그녀는 곧 그가 후송되어 있다는 병원을 찾았고
두 손이 잘린 그의 모습을 보게 되었다.
그는 자신을 부르는 그녀를 외면했다.
그녀를 떠나는 게 현명하다고 생각했기 때문이었다.
그러한 그에게 그녀는 이렇게 이야기했다.

"아무리 그래도 저는 당신을 떠나지 않아요.
제가 사랑한 것은 당신의 두 손이 아니기 때문입니다.

이제부터 저는 당신을 더 사랑하겠습니다.
당신이 잃어버린 두 손의 몫까지…."

당신은 그 사람을 가장 사랑해야 할 때가
언제라고 생각하는가?
모든 것이 순조롭고 편할 때?
그 사람이 한창 잘나갈 때?
그래서 더없이 자랑스럽고 믿음직스러워 보일 때?
그렇다면 당신은 아직도 사랑을 모르고 있는 것이다.
사랑은 그 사람이 힘겹고 어려울 때 절실히 필요하다.
실의와 좌절 속에 놓여 있을 때,
절망 속에서 헤어나지 못하고 있을 때,
그런 때야말로 사랑은 진정 필요한 것이다.

○
# 기도하는 손

내가 아닌 누군가를 위해
기도하는 두 손.

가난한 두 형제가 있었다.
그림을 그리는 형의 공부를 돕기 위해
기꺼이 동생은 노동현장으로 뛰어들었다.
애초에 피아니스트가 꿈이었던 그는
형을 위해 기꺼이 석탄 광산에서 일했다.

수석으로 공부를 마친 형이
동생을 지원할 차례가 되었지만 동생의 손은
이미 피아노를 칠 수 없을 만큼 망가져 있었다.

"하나님 저는 심한 노동으로 손이 굳어져
더 이상 피아노를 칠 수 없게 되었습니다.
하지만 형만은 화가로서 성공하게 해주세요."

합쳐지지도 않는 두 손을 모아 기도하는 동생.
형은 뜨거운 눈물을 흘리다가 그 자리에서 연필을 꺼내
동생의 손을 스케치했는데, 이 그림이 바로
알브레히트 뒤러의 작품 〈기도하는 손〉이다.

그를 위해 기도할 각오 없이
사랑한다고 생각지 마라.

사랑하는 사람을 위해 헌신할 수 있고,
그를 위해 진정을 다해 기도할 수 있는 것.
참다운 사랑의 모습이다.

○
# 그를 위해 기도할 각오 없이

당신의 사랑은 누구를 위한 것인가?

그를 위한 것인가?
아니면, 그를 사랑한다고 믿는
자신을 위한 것인가?

'널 위해서…'라는 포장지 속엔
얼마나 많은 칼날을 감추어져 있는 것일까.

나의 이기심으로 사랑한 적도 많아요.
그를 위한다고는 하지만 가만히 따져보면
그를 사랑한다는 명목 아래
내 행복을 채우기 위해서일 때가 많아요.

그 사람을 덜 사랑했거나
아니면 자신을 너무 사랑했거나

각자의 색깔로 서로 빛나게 하는 사랑,
거기엔 존중과 배려와 이해와 간격이 있다.

누구나 사랑을 하면 채우려 들죠.

하지만 비워야 하는 게 사랑이에요.

비운 마음에만 사랑이 고여 들기 때문이죠.

○
# 장작

사랑했으므로 내 모든 것이 재만 남았더라도
사랑하지 않아 나무토막 그대로 있는 것보다는 낫다,
라고 생각한 적이 있었다.

말이야 얼마나 그럴듯한가.
장작이야 원래 때라고 있는 것이니까.
하지만 정작 그 사람은
손만 쬐고 훌쩍 일어서는 데야.

마음까지 데우지 못한 내 화력을 탓해야 한다고
수없이 다짐해보지만 그것은 또한 못내 억울하고
분통 터지는 일이었다.

사실은 말이다.
일어서는 그의 뒤통수를 불탄 장작더미로
한 대 후려갈기고 싶었음을.

묻고 싶다.
너는, 네 몸을 전부 태울 만큼 센 화력으로
그를, 그의 마음을 데웠는지?
성냥불 같은 것으로 깔짝깔짝 대기만 했던 것은 아닌지?
그래놓고서 나는 할 만큼 했다, 라며
자신하고 있는 것은 아닌지?

다시 또 묻고 싶다.
그는 잠깐 불이나 쬐려고 다가왔는데
나 혼자 그의 마음까지 데우려고
애쓴 것은 아닌지?

○
# 의자 같은 사랑

사랑이라는 것은 의자를 닮아야 해.
삶의 먼 여행을 떠나는 사람에게
쉬었다 갈 수 있게 하는.

사랑이 아름다운 것은
진심 어린 배려가 담겨 있어서야.
자신은 서 있더라도 그를 위해
자리 하나를 마련해주기 때문이지.

하지만 말이다.
힘들다고 아무 의자에나
털썩 앉으면 안 되겠지?

# 하염없이 그립습니다

보지 않아도 눈에 선한데
왜 보고 싶은지 모르겠습니다.
오래 만나지 않아도 그 무엇 하나
느끼지 못하는 것이 없는데
왜 만나고 싶은지 모르겠습니다.

그대여, 하루에도 수십 번씩 당신을 가두고 풀어주는
내 마음감옥을 아십니까?

3
장

# 길 위에서

○
# 방향감각

언제가 한 번, 걸어서 한강대교를 건넜습니다만
돌아올 길이 참으로 아득하더군요.

혹시 당신도,
돌아와야 할 길을 너무 멀리 간 건 아닌지요?

나는 어디쯤 가고 있는지?

나는 어디로 가고 있는지?

○
# 바람이
# 내 등을 떠미네

날마다 어찌해야 하나, 하는
그 마음을 붙들고 산다.

산다는 건, 어쩌면
저마다의 무거운 짐을 안고
불확실하면서도 가고 싶지 않은 길을
등 떠밀려 나서는 일이 아닐까.

어떤 길이라도 선택해야 했지만
나는 마냥 머뭇거리고만 있었다.

바람이 분다.
살아야겠다.

바람이 내 등을 떠민다.
어서 걸어가라고.

등을 떠미는 것은 바람만이 아니다.
소망이다. 희망이다.
더 잘살아보겠다는 간절한 바람이
내 등을 떠민다.

자, 어서 한 발짝 내디뎌보라고.

산다는 건 비참한 건가요?
아뇨. 비참하진 않아요. 비장할 뿐이죠.
사는 것보다 살아내야 할 때가 더 많아요.

○
# 철저히

날마다 확인했어,
텅 빈 나의 주위를.

내가 외로움을 느낄 때
주변의 사물들은 더 선명히 드러나곤 했지.

외롭지 않은 적이 없었어.
혼자라서 외로운 게 아니야.
사람들 속에 있을 때도 그건 마찬가지였지.
아니 오히려 더 외로운 적도 있었어.

사는 건 아마 이런 것일 거야.
외롭다는 걸 알아차리고,
그리고 그 외로움과 도란도란
사이좋게 지내는 일.

외로움을 이기려고 하지 마.
철저히 외로움에 젖어드는 거야.

○
# 여전히 외상인 사랑이여

청춘이었을 땐 외상으로 사랑을 구걸하곤 했지.
돈도 없고 빽도 없었지만 '젊음'이라는 호기로움은
내 뻔뻔했던 외상장부.

지금은 신용카드 시대,
사정할 필요 없고 장부를 쓸 일도 없었지만
외상인 건 마찬가지.

사랑은,
내가 평생 갚아도 다 못 갚을 빚.
그 엄청난 부채에
내 인생 허덕거리다.

늘 나는 사랑에 빚지고 살았다,
태어나면서부터 지금까지도….
젊은 청춘이었을 때는 그 빚이 무서운 줄 몰랐다.
하지만 지금은 다르다. 더 이상 빚지면 갚을 자신이 없다.
젊은 청춘들이여, 사랑에 빚지지 마라.
설령 빚을 지더라도 제때 갚도록 하라.
빚이 으레 그렇듯 불어나면 갚기 어려우니.

○

## 삶

작년 겨울, 뇌성마비 장애우들의
시낭송회에 초대되어 다녀왔습니다.
휠체어에 몸을 의지한 채 한 자 한 자
힘겹게 발음하는 그들의 시낭송은
내게 격한 감동과 함께
나 자신을 돌아보게 만들었습니다.

그들의 시는 생생하게 살아 있었고,
그들의 시낭송은 절규 그 자체였습니다.
삶과 사랑과 어머니를 이야기하면서
그들은, 아니 그 자리에 있는 우리 모두는
뜨거운 눈물을 흘렸습니다.
심하게 불편한 장애를 가진 그들이었지만
희망의 끈을 놓은 사람은 없었습니다.

그들은 누구보다도 치열하게 삶을 살아내고 있었고,
또 살아가고자 애쓰고 있었습니다.
그 중 한 편을 소개합니다.

# 삶

홍영희

나는 멍하니 허공을 볼 때가 많다
나는 왜 살까, 살아서 뭐할까
매일 이런 쓸데없는 생각이 든다

나는 다짐을 한다
삶에 의미가 있겠지

나한테 말한다
이렇게 살든 간에
앉은뱅이로 살든 간에
장애인으로 살든 간에
살아가는 것은 좋은 일이다

내가 살아 있음에
감사합니다

○
# 산다는 것

오늘 아침 눈을 떴다.
눈이 열리고 귀가 열리면서
온 세상이 열리기 시작했다.

살아 있다는 건 이렇듯
내 앞에 모든 것이 열리는 것이다.

새삼
햇볕이 고맙고
공기가 고맙고
풍경을 이루며 서 있는
풀 한 포기, 나무 한 그루가 고맙다.

당신이 고맙고
그대 또한 고맙다.

산다는 건 이렇듯
고마운 것이다.
따뜻한 것이다.

2차 세계대전 당시, 나치에 의해
가스실로 끌려가던 한 유대인은 이렇게 탄식했지.
'어찌하여 세상은 이토록 아름다운가.'

죽음을 눈앞에 둔 그였기에
세상은 아마도 더 아름다워 보였을 것이야.
그런 세상에 우리가 살고 있어.

살아 있다는 걸 느껴봐.
그 고마움, 그 따뜻함을 말이야.

○

# 확신도 없는 길 위에 서 있다

밤새 일을 하고
아침에 퇴근하는 친구로부터 전화가 왔습니다.
근래 한 3년 동안 하루도 쉬지 않고
편의점 밤 근무를 해온 친구입니다.
그는 내게 하소연을 해왔습니다.
그냥 화가 난다고.
울화통이 터져 죽겠다고.
도대체 사는 게 왜 이 모양이냐고.

나는 가만히 그를 달래줍니다.
어쩌겠느냐, 사는 게 다 그렇지 뭐.
지금 네가 하는 노력으로, 고생으로
식구들 잘 건사하고 있지 않느냐.
그러면 됐다. 그러면 훌륭하다.

때로 삶이 쓸쓸합니다.

○

## 실패와 자책

대개 그랬다.
내가 원하는 것들은 옆에 있어 주지 않았다.
원하지 않는 것들만 몰려들어 그 속에 빠져
허우적거리기 일쑤였다.

최선을 다했다고 생각했지만
사실은, 다가올 실패가 두려워
약간의 여지는 남겨둔지도 모를 일이었다.

세월은 빨리 지나갔고,
나이가 들어갈수록 뒤를 돌아보는 일이 잦아졌다.
나이는 자책의 숫자와 비례한다.

그러고 보면 세상엔
내 것이라곤 하나도 없는데
무엇을 잡기 위해
이리도 허우적거렸던가.

○
# 행복과 행운

공원에 쪼그리고 앉아
네잎클로버를 찾은 적 있었습니다.
한참을 찾았지만 끝내 내 눈에는 띄지 않더군요.
그때 한 아가씨가 내게 불쑥
네잎클로버 하나를 내밀더군요.
자기는 이미 다섯 개나 찾은 뒤라면서 말이죠.
그녀의 마음씀이 예쁘고 고마웠습니다.
그런데 말이죠, 희한하게도 그때부터 내 눈에도
네잎클로버가 눈에 띄는 겁니다.
무수한 클로버 속에 당당하게 자리한 네잎클로버가.

갈이 간 친구의 말에 의하면, 클로버의 꽃말이
'행복'이고 네잎클로버의 그것이 '행운'이래요.
그러니까 여태 나는 도처에 있는 행복을 두고
행운을 찾기 위해 애를 썼는지도 모를 일입니다.

여러분도 한번 찾아보시겠어요?
자신의 주변에 숱하게 널려 있는 행복을.
행운은 그 행복을 느끼는 자에게만 찾아옵니다.

보이나요?
자기 삶의 네잎클로버가.

○
# 들꽃은

바람 불어 흔들리는 게 아니라
들꽃은 저 혼자 흔들린다.
누구 하나 눈여겨보는 사람 없지만
제자리를 지키려고 안간힘을 쓰다 보니
다리가 후들거려서 떨리는 게다.

그래도… 들꽃은 행복했다.
왠지 모르게 행복했다.

○
# 내가 세상의 중심

아침에 집을 나서서 버스를 타는데,
교통카드에 잔액이 모자라 매우 난처했습니다.
그런데 웬 아주머니가 제 차비를
대신 내주는 게 아니겠습니까.
고마웠고 뿌듯했습니다. 저의 잘난 인물이 아니었다면
이게 턱도 없는 일이죠.
(아주머니 죄송합니다. 결코 아주머니의 선의를
내려 깎을 의도는 없다는 것을 밝힙니다.)

저는 가끔 이렇게 착각에 빠져 삽니다.
맨정신으로, 제정신으로 살기 어려울 때가
종종 있습니다.
그럴 때 저는 시인인 것을 무척 다행이라고 생각합니다.

현실을 떠나 맘껏 상상할 수 있으며, 그리고
그 상상한 것을 시로 표현할 수 있거든요.

결론은 이겁니다.
오늘부터 내가 이 세상에서 제일 잘났다고 생각합시다.
그렇게 생각하는 데 돈 한 푼 안 듭니다.
남들이 미쳤다고 손가락질하면
그 손가락을 콱 물어줍시다.

내가 없으면 세상도 없습니다.
세상은 나를 중심으로 돌아갑니다.
당당하게 걸어가세요.

○
# 호박꽃이 예쁜 이유?

새벽에 잠 깨었어요.
다시 잠이 오지 않을 것 같아 대문을 나섰지요.
가장 먼저 나를 맞는 게
앞집 담장 사이로 핀 호박꽃이었는데,
그 꽃을 보자 오래된 기억 하나가 떠올랐어요.

초등학교 5학년 때 내 짝꿍의 별명이 호박꽃이었어요.
우리 땐 지독히 못생긴 애를 호박 혹은
호박꽃이라고 놀리곤 했었는데, 그 애는
수업시간에 엎드려 훌쩍거리기 일쑤였지요.
쉬는 시간에 반 아이들이 하도 놀려대니까 말이죠.

그 애는 공부도 못했고 집도 가난했지요.
점심시간엔 슬며시 교실을 나갔다가 끝나면
돌아오곤 했어요. 사정은 나도 마찬가지라
그 애가 나가고 나면
나도 뒤따라 교실 밖으로 나서곤 했는데, 어느 날인가
시소에 걸터앉아 있는 내 뒤에 그 애의 목소리가 들렸어요.
“이거….”
그 애가 내민 것은 카스텔라 한 조각이었어요.
당시 어른들이 결혼식에 참석하면
답례품으로 준다던 카스텔라.
가스나, 지도 배고플 텐데…,
언뜻 그런 생각이 스쳐 지나갔지만
카스텔라의 노오란 그 황홀한 빛깔은 나를….

그러고 보니 호박꽃도 노란빛이고
카스텔라도 노란빛이네요.
그 이후 카스텔라는 나에게 세상에서 가장 맛있는 빵이 되었답니다. 그때부터 나는 그 애의 기사가 되었는데, 호박꽃이라고 놀리는 애가 있으면 바로 달려가곤 했죠. 나의 무시무시한 주먹을 익히 알고 있는 친구들이었기에 이후로는 아무도 그 애를 호박꽃이라 놀리지 못했답니다. 친구들이 그 애와 나를 그렇고 그런 사이라고 쑤근거려도 나는 씨익 웃고 말았지요. 나는 정말 그 애에게 반했거든요. 지도 배고픈데 카스텔라를 내게 내민 그 마음씨에.

세상에는 고마운 분들이 참 많습니다.
카스텔라를 내밀던 그 애의 손길처럼 따스한 손길들이 많다는 것을 느낀 요즘, 고민에 빠져봅니다.

이 고마운 분들을 위해 나는 무엇을 해야 하지?
그때처럼 또 주먹을 휘두를 수도 없고….

참, 호박꽃이었던 내 짝꿍이 어떻게 되었는지 궁금하지요?
한마디로 끝내줍니다.
동창들 중에 최고 잘나가는 여인으로
재력이면 재력, 남편 복이면 남편 복, 자식 복이면 자식 복,
남부러울 것 없는 최고의 주가를 올리고 있답니다.
거기다 의술의 도움을 전혀 받지 않고도 예쁘기까지 하다니
이게 참 대체 어찌된 일인지?
옛날에는 그 애 근처에도 가지 않으려던 애들이 지금은
서로 그 애 옆자리를 차지하려고 신경전을 벌인다니
세상 일 참 알다가도 모를 일이에요.

아마도 그 애의 착한, 선하디 선한 마음씨가
그렇게 만들었지 않았을까 생각합니다.
세월이 흐르면 그 착한 마음들이 모여
다 꽃이 되니까요.

호박꽃이 아름다운 이유는 말이죠,
호박꽃이 피고 나면 그 자리에 호박이라는
알찬 열매를 맺기 때문입니다.

누구든 자기만의 꽃이 있습니다.
그 꽃을 활짝 피워내는 당신이 되길….

○

# 난 지금
# 예쁜 꽃이야

봄꽃이 지천으로 피고 있습니다.
가만히 들여다보면 아무리 작은 풀이라도 다
저만의 꽃을 피워냅니다.
그동안 수고했다고 도닥이며 스스로의 삶에
훈장 하나를 얹어주는 것이죠.

때로 삶이 지치고 힘겹나요?
하지만 그 노력으로 인해 당신의 삶이
이만큼 올 수 있었다는 것을 기억하세요.
힘겹고 지친 만큼 내 삶이 더 윤기로울 수 있다는
것을 생각하며 묵묵히 걷다보면…,
그대가 꽃 필 차례가 곧 옵니다.
반드시 옵니다.

당신은 말이죠,
어떤 꽃으로 필래요?

꽃들처럼 사람도 꽃 피는 시기가 다 다른 겁니다.
다만 예쁜 꽃을 피우기 위해 평소에 열심히 물도 주고,
햇볕도 잘 들게 하고, 가끔 거름도 주며 끈기 있게
기다리는 게 중요할 듯싶네요.

삶에 대한 부담감과 막연한 두려움,
그 불안한 마음은 꽃이 피기 전의 진통이라 생각하세요.
꽃을 피우는 봄바람이 오기 전엔
항상 꽃샘추위가 오지 않던가요.

한 송이 어여쁜 꽃으로 피어나겠어요.
지금 힘든 것은 더 튼튼한 꽃으로 피어나기 위한
몸살일 뿐이라 생각하고 이겨내겠어요.

따스한 햇살을 한껏 받아들이면
오래도록 마음이 따스해져요.

난 지금 예쁜 꽃이에요.

○

# 부모님의 기도

새벽에 잠 깨어 오래전 새벽을 떠올렸습니다.
고등학생이었던 나는, 시를 쓴답시고 배를 깔고 누워
나름 세기의 역작을 쓰기 위해 끙끙거리고 있었는데,
슬그머니 현관문을 열고 밖으로 나가시는
아버지의 기척을 느낄 수 있었습니다.
추운 겨울날이었습니다.
그렇게 나간 아버지는 한참이나 바깥에서
발작과도 같은 거친 기침을 쏟아내고 있었죠.
식구들 잠을 깨우지 않으려고 그러신다는 것을
내가 왜 모르겠습니까.
기침이 나올 때면 어김없이 밖으로 나가시던 아버지.
그때 나는 알았습니다, 내가 쓰는 한 줄의 시가
아버지의 기침소리에 비하면 턱도 없다는 것을.

한겨울 매서운 추위에 떨던 아버지의 기침소리야말로
진정한 한 편의 시라는 것을.

어머니는 자식들 앞에서 눈물을 보입니다.
어떨 땐 소리 내어 울기도 합니다.
그러나 아버지는 결코 그러지 않습니다.
대신 슬그머니 현관을 나서 하늘을 올려다봅니다.

나의 아버지는 돌아가실 때까지
'정철 영어회화' 카세트 테이프를 달고 살았습니다.
아버지의 유일한 취미가 영어회화 공부였던 것입니다.
그래서 외국에 나가 그동안 공부했던 영어회화를 한번
써보는 것이 평생의 소원이었습니다.

그러나 나는 보내드리지 못했습니다.
나중에 형편이 좀 더 펴지면…이라고 생각했던 게
영원히 보내드리지 못하게 되었습니다.

여든을 훌쩍 넘기신 나의 어머니는
일주일에 세 번 투석을 받으십니다.
투석을 받고 난 뒤
병원에서 형 집으로 모셔다드리고 돌아서자면
쉬 발걸음이 떨어지지 않습니다.
그런 제게 어머니는 어서 가라고 손을 휘휘
내저으십니다. 어서 가, 이 에민 뒤돌아보지 말고.
어서 가서 너흰 창창한 세상 살아야지.

명심하세요, 오늘의 우리가 이만큼 사는 것은
결코 내가 잘나서 된 게 아니라는 것을.
그 뒤에는 부모님의 간절한 기도와 눈물이
있었다는 것을.

○
# 저 작은
# 냉이 하나도

아침 출근길, 발걸음을 문득
멈추게 하는 게 있었습니다.
볕이 잘 드는 동네 담벼락 밑 아스팔트를 뚫고 나와
꽃을 피운 한 송이 냉이.

신기하고도 경이로웠습니다.
한겨울 추위를 이겨내고
저 견고한 아스팔트도 아랑곳없이
싹을 틔우고 꽃을 피운 냉이.

세상 못 살아낼 거 없습니다.
까짓 저 작은 냉이도 저렇듯 장하게 살아내는데.

벽이나 기둥에 매달려 사는 담쟁이는,
깊은 밤에도 손을 뻗어 자신의 영역을 넓힙니다.
그래봤자 한 뼘밖에 안되는 거리를.

죽을힘을 다해 기어오르는 그 넝쿨을 보며
나는 내 자신에게 물어보았습니다.
너는 한 발이라도 내딛고 있는가, 하고.

○

# 나는 소망한다

비로소 가을이다.
가을은 가끔 서성거려도 좋다.
서성거리며 눈에 보이는 모든 풍경을
가슴에 담아도 좋다.

나는 소망한다,
우리 살아가는 삶의 물결이 잔잔하길.
우리 가는 길에 부드러운 잔디가 깔리고,
가는 길 주변에 아름다운 새소리와
꽃향기가 가득하길….

# 지금

어디에 닿는가 하는 것은
별로 문제가 될 듯싶지 않습니다.
가고 있다는 자체가 중요하니까요.

사랑하는 대상에게나 삶의 목표에 닿기 위해
당신은 과연 어떤 노력을 하고 있나요?

# 4장

# 이별을 베고
# 그리움을 덮고

○
# 여전히

이제 헤어질 시간이 멀지 않았군요.
당신은 사라져도 나는 여전히
이 자리에 남아 있겠죠.

함께했던 시간도 여전히….

○
# 시시각각으로

설핏 잠이 깨었다. 커튼 사이로
희미한 빛이 새어 들어오고 있었다.
오늘 아침도 내게
그렇게 새어 들어오는
무언가가 있었을 것이다.

그리움이란 이름으로
너를 떠올려보았다.

○
## 그대는 사랑했다고 했고 나는 사랑한다고 했습니다

오래전 몽산포에 갔을 때의 일입니다.
그녀가 사랑했다고 했을 때,
나는 가슴이 철렁 내려앉았습니다.
사랑했다니, 사랑한다가 아니고.

헤어지자는 말보다 더한 그 말 때문에
나는 맥없이 무너졌습니다.
그런데 그녀가 환한 웃음을 보이더군요.
사나이가 뭐이래? 세상 어찌 살려고?
붙잡아도 소용없다는 걸 안 그때 나는 그만
몽산포 앞바다에 빠져 죽고 싶은 심정이었습니다.

근데 지금까지 잘 살고 있습니다.
안 죽고 잘만 살고 있습니다.

End

○
# 준비된 이별

떠날 준비가 되어 있는 너.
내가 모르는 사이에 이별은 이미 저만치,
그리고 가까이 다가오기 시작했어.

나에게서 자신의 마음을 하나씩 거둬가는
너를 보는 것은 못내 가슴 아픈 일이었지.
가슴이 타들어가는 아픔이고도 남았는데
나는 왜 그러지 못할까.
이별을 예감하면서도
너를 사랑하는 일을 멈출 수가 없을까.

네가 내 곁을 떠나는 날이 다가올수록
나는 간절히 소망해.

살아가면서 덮어두고 지워야 할 일이 많겠지만
너의 이름만은 내 가슴에 남아 있기를.
너와의 사랑, 그 소중했던 추억만은 잊히지 않기를.

이별이 눈앞에 와 있는데도 미련을 버리지 못하고
오히려 그 사랑에 더 매진하는 사람이
세상에는 의외로 많다.
왜? 라는 물음을 던지지 말자.
세상의 논리에 찌든 얄팍한 계산으로야
어떻게 사랑을 하겠는가.

○
# 단풍처럼

사랑아, 네가 미워서 떠나는 것이 아님을 믿어다오.
떠나는 그 순간, 가장 불타오르는 내 몸을 보아라.

줄 것 다 주고 가장 가벼운 몸으로
나무에게 작별인사를 하는 이 아름다운 추락을.

이별을 예감했다고 해서 그 사랑을 멈추는 사람보다
이별을 예감했기에 그 사랑에 몰입하는 사람.

모든 걸 아낌없이 주고 뜨겁게 사랑한다면,
그리하여 미련 없이 돌아설 수 있다면
아쉬움은 덜하겠지?
내 사랑은 붉은 단풍처럼 열정적이었다고….

낙엽이 되어 떨어지게 될지라도

붉게 물들었던 단풍의 모습이 누군가의 마음속에는

붉게 자리잡혀 있으리라.

○

# 삶의 간이역,
# 청춘

스무 살, 약관.
그녀의 아련한 미소가
한없이 내 가슴을 아리게 하던 때,
그녀와 함께 무작정 열차를 탄 적이 있었다.
시골의 어느 조용한 간이역을 지나고 있을 때
나는 주저하며 그녀에게 물었다.
"돌아가지 말까?"
정말이지 나는 기차를 타고 끝없이 가고 싶었다.
할 수만 있다면 세상 끝까지라도 가서
그녀와 단둘이서만 있고 싶었음을.
하지만 그녀는 대답 대신 쓸쓸히 웃었고
나는 쓸쓸히 고개를 돌렸다.

청춘, 눈부신 것 같지만
어쩌면 가장 어중간한 시기다.
사랑도 삶도.

기차가 출발해 속도를 내듯
정해진 인생의 선로에 들어서서
서서히 가속도를 붙여나가야 할 시기이지만
불쑥불쑥 그 선로를 벗어나고 싶은 충동이 많은 때도
바로 그 시기다.

지금 생각해보면 참 풋내 나는 시절이었지만
그때만큼 순수하고 진실했던 때는 다시 없을 듯하다.

산다는 것과 사랑한다는 것.
그 시기엔 두 가지 다 버거운 것이 사실이었지만
그 모두를 더욱 성숙시킬 수 있는 가능성 또한
지니고 있다는 것을.

정해진 진로 때문에 어쩔 수 없이 사랑을 포기해야 하는
경우도 있지만 그 아픈 가슴앓이로 인해 자기 삶이
더욱 풍성해지고 윤택해질 수도 있음을….

○

## 그도
## 내가 그리웠을까

"꼭 칼국수가 먹고 싶었던 것은 아니에요. 그저
비가 오니까 면이 땡겼던 것뿐이라고요. 근데 왜 하필
그 집이냐고요? 글쎄, 그건 나도 모르겠어요.
그저 발걸음이 거기로 향했는데…."

그와의 사랑은 다 잊었다고 생각했다.
그와의 인연은 한때의 추억일 뿐 학교를 졸업해
쓸모없어진 명찰처럼 다 떼어냈다고 생각했다.
그런데 왜?
그건 나도 모를 일이었다.

거기에 그가 있었다.
결단코 그가 보고 싶었던 것은 아니다.
구석자리에 혼자 앉아 칼국수를 후루룩 먹고 있는
그가 안쓰러웠고, 그래서 가슴이 아파왔다.
그는 내가 그리웠을까? 아니다.
비 오는 날이면 칼국수를 찾는 그의
오랜 습관이라고 생각하자.

나는 돌아섰다.
지나간 건 지나간 대로 두어야 한다.
그리운 건 그리운 대로 그냥 두어야….

그립다고 해서 덥석 문다면
그에게나 나에게나 좋을 일이 없다.
다시 그 과정을 거치고 싶지 않다.
다시 사용할 일이 없는, 떼어낸 명찰은
버려야 마땅하지 않을까.

비 오는 날, 면이 땡기더라도
이제 다시는 칼국수를 찾지 말아야겠다.

○

# 소유와 자유

너를 갖는다는 건
너에게 얽매인다는 뜻이야.

실연의 아픔, 그 상실감의 정체는 뭘까?
아직도 네가 내 사람으로 남아 있기를 바라는
얄팍한 소유욕, 혹은 상처 입은 자존심이라고 봐.

이상한 일이야.
너는 내게 자유를 주었는데
나는 왜 나 스스로에게 자유를 주지 못할까.
진작 너는 떠나갔는데
아직 너에게 매여 있으니 말이야.

요즘, 솔로가 좋다는 사람이 많아졌어.
당당하고도 멋있지.
우선 편해.
누구에게도 구애받지 않는 자유로움이 최대 특혜야.

외롭지 않느냐고?
천만의 말씀.
그건 몰라서 하는 소리지.
더 많은 사람을 만날 수 있다는 생각은 안 해봤어?

집에 돌아와 현관문을 열 때
조금 썰렁하긴 하지.
하지만 그것도 생각하기 나름이야.
그 적막함은 내게 한없는 고요와 평화를 주니까.
조금 외로운 건 생활의 양념이야.
내 삶을 맛깔스럽게 만들어주는 양념.
무엇보다 나는 내 식대로 하는 게 좋아.
그에게 맞추기보단.

그래서 나는 솔로가 좋아.
나 하나로 당당히 살아갈 수 있는.

그런데…, 그런데 말이야.
가끔 사랑은 하고 싶어.
솔로이고 싶지만 사랑은 하고 싶다는 것,
이상하지? 혼자의 자유를 그렇게 원하면서도
어떨 땐 누군가에게 매이고 싶으니.

그게 사람이고 우리네 삶인가 봐.
원하는 걸 다 가질 수는 없어.
선택한 게 있으면 포기해야 하는 것도 있는 거야.
그러면 돼. 나의 선택에 후회하지 않고
포기한 것에 대해 미련을 가지지 않는다면….

나는 솔로야.

솔로여서 솔로가 아니라

내가 원해서 솔로야.

사랑 따윈 저만치 밀어둘래.

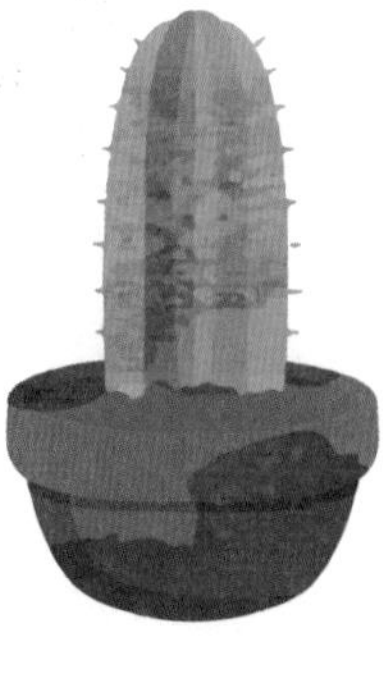

○
# 새장

만약 이 세상이 하나의 큰 새장이라면
새는 더 이상 도망갈 데가 없게 된다.
내가 마음을 이 세상처럼 넓힌다면
그에 대해 안달하고 집착할 일이 없지 않을까?
그는 내 안에서 날게 될 테니까.

이전에 나는 그렇게 스스로를 달랬다.
그러나 그건 나의 위선이었다.
솔직하지 못한, 마지못해 한 말이지
진심에서 우러나온 말이 아니다.

할 수만 있었다면 나는,
그 새의 날갯죽지를 부러뜨려서라도
내 곁에 있게 하고 싶었음을.

○
# 괜찮다는 가면

괜찮다니 잘됐네요.
그 거짓말로 자신을 지켜가길.
그렇게 우리 평생 가면을 쓰고 살아가요.

안 괜찮다는 말보다
몇 갑절은 더 무너져 보이는
그대 괜찮다는 말.

가면장사나 해야겠다.
아파도 안 아프다고 하는 가면,
못 지내도 잘 지낸다고 하는 가면,
행복하지 않아도 행복한 척할 수 있는 가면,
그런 가면이 있다면 불티나게 팔릴 텐데.

그래요. 가면을 쓰고서라도
우리 행복해야 해요.

제 가방에는 여러 개의 가면이 있어요.
누구를 만나느냐에 따라 가면 모양도 달라지거든요.
그래서인지 가끔 제 모습이 어떤 모습인지
저도 헷갈릴 때가 있어요. 슬픈 일이죠.
사랑도 일도 가면 없이 할 수 없을까요?

가면이라고 다 거짓은 아니에요.
상대를 배려한다는 점에서 그 가면은
어쩌면 진실보다 더 가치로울지도 몰라요.
'에티켓', 혹은 '살아가는 요령'이라고 생각해두죠 뭐.
가볍게 생각하세요. 무겁게 생각할수록
가면은 자꾸 무거워지니.

## 별을 사랑했다

오지 않는 너를 기다리는 일은
다시금 패배를 인정하는 일이다.
혹시나 하는 마음이 별빛처럼 반짝였으나
별은 역시 한 발짝도 내게 내려오지 않고
그 자리에서 냉랭하게 나를 내려다볼 뿐이었다.

나만 바뀌어서 될 일은 아니라서 사랑은 힘들다.
너는 요지부동 바뀔 생각을 안 하니.

우리 그렇게 다르지 않는데
자꾸 다르다 그래.
우리 서로 잘 맞는 것 같은데
자꾸 맞지 않는다 그래.

그건… 니가 싫다는 말이야.
정신 좀 차려!

기다리는 것들,
내가 바라고 원해왔던 것들은
늘 저만치 있다.

기다리는 사람은 한결같은데
기다리게 만든 사람은 수시로 배반한다.
좀 늦나 보다 했는데….

잘 먹고 잘 살아라, 퉤!

○

# 총을 쏘는 심정으로

이별하면 다시는 못살 것 같던 사람도
다들 잘 먹고 잘 산다.
내가 아프고 힘든 만큼 상대도 그럴 거라고 생각했는데
다들 새로이 사랑을 하면서 잘만 살더라.

그러니까 함부로 자신의 머리에 총 쏘지 마라.
총을 쏘고 싶은 심정으로 보란 듯이 더 잘 살아내라.

나를 떠난 사람을 위해
단 1초도 허비하지 말라는
말이다.

나를 떠난 사람에게 허락하는 시간은
'허비'란 말이 딱 알맞으니
앞으로의 시간은
온전히 자신을 위해 써라.

○
## 바람과 잎새

당신은 지나갔지만
나는 여전히 파르르 떨고 있습니다.

당신이 나를 흔든 게 아닙니다.
내가 그만 스스로 흔들린 거죠.

당신 탓이 아닙니다.
순전히 내 탓입니다.

그러니 당신은 갈 길 가세요.
흔들리다 떨어지더라도 내가 알아서 할 테니.

이러다 말겠죠.
이러다 말겠죠.

내가 흔들린 거지 당신은 아무 잘못 없어요.
원망이나 미움보단 좋은 기억으로 간직하겠습니다.

이러다 말겠죠. 슬프다가 행복하다가 이러다 말겠죠.
이렇게 흐려지다 가끔은 그대가 생각나겠죠.

바람이 꽤나 차갑습니다.
몸도 마음도 단단히 여며야 합니다, 특히나 마음을.
마음을 성글게 먹으면 그 틈새로
찬바람이 헤집고 들어와요.

# 마음의 행방불명

내 마음이 그 사람에게 다녀왔다.

가을이 깊어지는 모양이다.

제 맘은 하루에 열두 번도 더 다녀와서 문제예요.

문지방 다 닳겠다.

제 맘은 가기만 하면 돌아오지 않아서 더 문제예요.

줄을 매달아야겠다.

○
# 소나기

간밤에 비가 내렸나 봐요.
내 온몸이 폭삭 젖은 걸 보니.

그대여, 멀리서 으르렁대는 구름이 되지 말고
가까이서 나를 적시는 비가 되십시오.

비가 내리면,
소나기라도 뿌리는 이런 날이면
내 마음은 어느새
어느 후미진 찻집의 구석 의자를 닮는다.

축축한 기억, 비가 내리면
마음이 허물어지기 일쑤입니다.
그동안 단단히 다져놓았던 마음이.

이런 날이면 그대 또한
창밖을 바라보는 시간이 길어지리라.
빗물 스미듯 스며드는 누군가의 생각으로
하염없이 창밖을 내다보는 당신,

하지만 이제 그만 울었으면 좋겠다.
그렇게 흔한 눈물로
이 세상 어찌 살려고.

조금만 우십시오.
조금만 추억하십시오.

# 비가 오는 것인지
# 우는 것인지

밤부터 내린 비가
지금까지도 그치지 않습니다.

언젠가 그대도 아침까지
눈물을 흘렸던 적이 있었지요.
그렇게 눈물을 흘리면 몸무게가 가벼워졌겠다,
한마디 툭 던졌는데
그댄 눈물 그렁한 눈으로
나를 흘겨보았지요.

아침에 내리는 비는 참 맑고 경쾌합니다.
밤새 그 무거움 다 털어냈기 때문이겠지요.
깊고 무거운 것 다 털어내고
아주 조금만 슬픔이 남아 있기 때문이겠지요.

# 또 비

비가 와서
비가 와서
더 피기도 전에 꽃잎이 졌습니다.

내 사랑도 그런가 봅니다.
피기도 전에
내 사랑도 졌나 봅니다.

비 갠 오후
햇살이 참 맑았는데
갑자기 눈물이 났습니다.

세상이 왜 그처럼 낯설게만 보이는지

그대는 어째서
그토록 순식간에 왔다 갑니까.

○

# 추억이라
# 이름 붙인 것들은

추억이라 이름 붙인 것들은
그것이 다시는 올 수 없는 까닭이다.

그리움이나 외로움이나 같은 말이다.

곁에 없는 것에 대한 그리움이 바로 외로움이다.

얼마나 많은 기다림과 그리움이 지난 후에야
그 사랑에 덤덤해질 수 있을까.

5 장

# 마지막이라는 말은

○
## 회자정리라는데…

세상의 모든 만남은 슬픔이다,
그 사람을 내내 담아놓을 수 없기에.

세상의 모든 만남은 행복이다,
잠시라도 담아둘 수 있어서.

○
# 변명

사랑이란 것은 쓸쓸한 거였다.
누군가를 위해 한 발짝 물러선다는 것은
자신은 내내 외로움을 감수하겠다는 뜻이다.

정말로 사랑하는 사람은
자신의 곁에 두지 않는 법이라고.

세월이 많이 지나고 보니
깨닫게 되었다.

그것은 변명이 아니라
'탄식'이었다는 것을.

○

# 잊는다는 건

너는 왜 살고 있니?
깊어진 가을이 내게 물었을 때
나는 한참을 망설이다 대답했다.
"글쎄, 잊히지 않기 위해서라고 해두지."
가을은 코웃음을 쳤다.
"그럼 네가 잊고 있는 사람들은 뭔데?"

가을이 내게 경고한다.
잊는다는 건 그 사람을 죽이는 일이라고.
더 이상 네 안에서 살인하지 말라고.

나는 얄팍하다, 나를 잊어버린 사람한테는 서운해하면서
정작 내가 잊고 지낸 사람은 까맣게 잊고 있기에.

잊히지 않는 얼굴은 어찌할까,
잊고 싶어도 잊히지 않는 얼굴은….

○

# 안부를 묻다

"어떻게 지내?"
나의 물음에 너는 잘 지낸다고 했다.
특별한 일 없이 그럭저럭 지낸다고,
사는 게 그런 거라고.
"너도 잘 지냈으면 좋겠어."
밝은 너의 목소리에 나는 솔직히 좀 당황스러웠다.
그러겠노라고 덤덤히 대답은 했지만
나는 곧 쓴웃음을 지었다.

너야 그럴 수 있을지 모르겠지만
내가 어찌 너 없이 잘 지내겠느냐고….

너에게 무슨 일이 있기를 바란 것은 결단코 아니었으나
잘 지내고 있다는 너의 밝은 말투가 못내 걸리는
그런 날. 어쩌면 나는, 나 없이도 잘 지내고 있다는
너의 말에 잔뜩 심통이 난지도 모를 일이었다.
왠지 서럽기도, 쓸쓸하기도 했던 그날만큼은 나는
철저히 혼자였다.

너의 안부를 물었으나
나의 안부는 정작 엉망이던
그런 날.

○
# 줄 수 있어 행복합니다

사랑했던 아내와 사별한
한 남편이 이렇게 말했다.

자꾸 못해준 것만 생각난다고.
잘해준 것은 하나도 생각나지 않고
못해준 것만 자꾸 생각난다고.

줄 수 있을 때 아낌없이 주라.

줄 게 없어질 수도 있고,
줄 대상이 없어질 수도 있으니.

○

# 사랑은
# 그 사람을 살게 한다

'애지욕기생'이란 말이 있습니다.

『논어』에 나오는 그 말의 뜻은 이렇습니다.

사랑은 그 사람을 살게 한다.

백번 들어도 옳은 말입니다.

당신이 있기에 하루하루 내가 살아가는 의미가 있음을.

하지만 사랑이 너무 넘치는 것도 문제입니다.
너무 물을 많이 줘 오히려 말라 죽게 한
저 베란다의 화초처럼.
어쩌면 당신을 향한 나의 그런 열중이
당신을 버겁게 한 것은 아닐까, 생각해봤습니다.

상대에게 집착하지 않고 적당한 거리를 유지하는 것,
어쩌면 그것이
사랑을 오래 지켜가는 비결일 수도 있습니다.
함께 있되 거리를 두고 서 있는 저 나무들처럼.

○

## 마음

들키지 않으려 노력하지만
알아줬으면 하는 내 마음은,
하루가 멀다 하고 전쟁터가 된다.

너는 왜, 보여주고 싶은 것은 보질 않고
보여주고 싶지 않은 것만 자꾸 보려 하는지….

당신을 향한 사랑을 담기에
내 마음이 너무 작은가,
수시로 자문해봤다.

결론은 한결같다.
그대가 보고 느끼는 것보다
내 사랑은 훨씬 더 크고 깊다고.

그대,
내 깊은 속마음까지 다 보지 못하고
내 사랑 작다고 툴툴대지 마라.

내 사랑이 작았던 게 아니라
단지 그대가 본 것이 작았을 뿐이다.

○

# 당신께 간다

흐르기를 멈추었을 때
강물은 더 이상 강물이 아니다.

강물은 끊임없이 흐르는 것이다.
바다로 제 한 몸 온전히 던지기 위해.

그 마음으로 나 당신께 간다.

사랑은, 언제나 사랑 자체로 남아 있기를 원한다.
하지만 삶이 그냥 놓아두지 않는다.

원래 그대로를 지킨다는 것,
그것 때문에 무수한 시비를 당해
위협받고 상처받고 신음하며
끝내 훼손당하기도 한다.

그래도 나는 흐르기를 멈추지 않겠다.
당신을 향해 가지 않는다면
도대체 어디를 향해 가겠는가.

○
## 사랑과 현실 속에서

당신과 나를 둘러싸고 있는 것들,
그런 것들이 어쩌면 이렇게 모질까요?

당신과 내가 사랑하는 것은
그 모진 것들 속에서
서로 손잡고 헤쳐 나가자는 뜻이지
맥없이 허물어져 한숨만 쉬자는 뜻이 아닙니다.

서로 잡은 손을 놓지 않는 한
사랑은 언제까지나 행복입니다.

기어이 행복해야 해요, 우리.

○
# 뒷모습

모든 나무가 잎을 떨어뜨립니다.
삶이 무겁습니다.
가볍게 해야겠지요.

새로운 삶과 악수하자면
미련 없이 떨궈내야 하는 것도
있다는 것을.

좋은 건 순식간에 지나가나 봅니다.
가을이 왔나 했더니 어느새 뒷모습을 보입니다.
그대도 그러했지요.
왔나 했더니….

올가을엔

그대 얼굴 한 번 못 보고

지나갈 것 같군요.

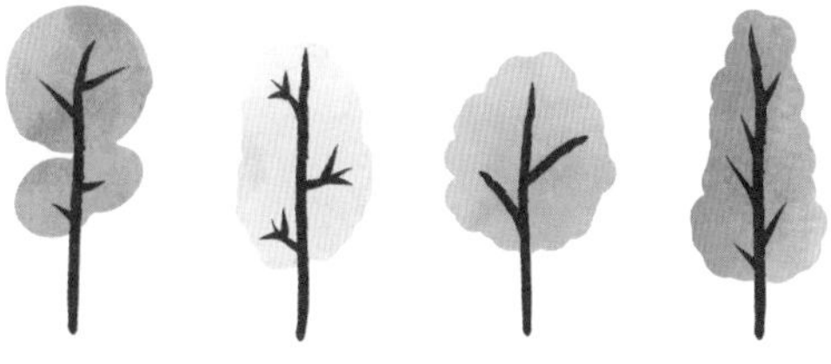

# 이별보다
# 먼저 날아가라

누구나 조금씩은 눈물을 감추며 살지.
슬픔은 우리 방황하는 사랑의 한 형태인 것을.
진정 잊어야 할 아픔에 무감각해지기 위해
더러는 황혼에 가슴을 묻어야 할 때도 있느니

밤에 우는 새여 날아라,
더 가혹한 슬픔이 네 앞에 놓인다 할지라도
그 슬픔을 앞서 날아라.
이별보다 먼저 날아가라.

결코 눈물 떨구지 말고
훨훨훨….

○
# 간격

사랑한다는 것은 어쩌면 두 사람이 서로
일정한 거리를 유지하는 데 동의하는 일이야.
내가 가져야 할 것과
내가 가져선 안 되는 것 사이의 간격을
서로 인정하고 받아들이는 일.

그래서 사랑은 안타까운 일인지도 모르겠어.
가져선 안 된다는 것을 알면서 자꾸만 그쪽으로
마음이 기웃거려지는.

꼭 그 간격만큼 슬픈….

○

# 눈 오는 날

눈 오는 날엔
사람은 여기 있는데
마음은 딴 데 가 있는 경우가 많다.

눈 오는 날엔 그래서
마음이 아픈 사람이 많다.

눈 오는 날 우리 만나요.
마음만 보내지 말고
꼭 직접 오세요.

○

# 흔적

빠트린 소지품들을 찾으려 음식점을 다시 들어설 때
나는 어쩔 수 없이 또 너를 떠올린다.

계산을 마치고 나오다 어, 하고 뒤돌아서면
내가 미처 챙기지 못한 소지품들을 건네주며
배시시 웃던 네가 있었지.

"메뉴판이 따로 없어."

휴대용 물티슈로
내 흰 셔츠에 묻은 음식자국들을 닦아주던 너.

너 없이도
잘 살 수 있을 거라 생각했지만
이렇게 도처에 남아 있는
너의 흔적만은 지울 수 없다.

○
# 자국을 어찌할까

망치는 못을 박는 데도 쓰이지만
못을 빼는 데도 필요합니다.

사랑이라는 것
추억이라는 것
못을 빼고 난 다음에도 남아 있는
메울 수 없는 구멍 같은 것이여.

그 자국 메우려 애쓰지 마라.
메우려 애쓸수록 더욱 깊어질 뿐이니.

가만히 두어야
모른 체해야

자국은 희미해진다.

○

# 만날 때부터
# 보내고 있었다

까맣게 모르고 있었죠.
한창이던 꽃도 지고 있는 것을.

돌아오지 않을 거란 건 진작부터 알았습니다.
당신을 만났고 사랑했고 미워했으니
이만하면 되었습니다.

그립지 않아요, 당신 따위….

나 이제 다른 삶을 살래요.

떠난 너를 용서하는 것은
너를 위해서가 아니다.

나를 위해서다.

너 없이 평온히 살기 위해.